PRÉFACE.

Mort aux tyrans, mort aux fédéralistes, mort aux ennemis de la liberté dans toutes les contrées de l'Europe, voilà le cri de ralliement de tous les vrais Français; voilà le cri qui doit retentir aux deux extrémités de la terre, renverser, comme à la voix du prophète de Jéricho, tous les trônes, tous les palais de l'opulence; voilà le cri, enfin, qui doit ressusciter, sur leurs débris, la république universelle, la paix, la fraternité, l'égalité du genre humain. Français, de votre serment, de votre réunion en masse, de votre courage immortel, va dépendre ce miracle aussi étonnant, aussi admirable que la création de l'univers. Un ouvrage aussi grand, aussi beau, est digne de tous vos efforts. Par un mouvement unanime, électrique et spontané, levez-vous tous, le destin de l'Europe, de l'huma-

nité entière, repose entre vos mains; ne balan-
cez pas un instant, entre la cause la plus
sacrée, la plus juste s'il en fut, et la capti-
vité la plus honteuse, à laquelle l'anéantisse-
ment est préférable. Que la France ne soit plus
qu'un vaste tombeau, que nos ennemis n'y
trouvent plus que des cendres à fouler & des
ossemens à dévorer; que l'enfer n'ait plus
qu'à entr'ouvrir ses immenses abîmes, pour
engloutir les féroces destructeurs de la nature
& de l'humanité, avant que nous rentrions
dans le néant de la servitude! Mais vos en-
treprises sublimes seront favorisées du ciel;
secondez ses augustes volontés, soyez-en l'ora-
cle et l'interprète. Plus utile et plus nécessaire
que l'évangile, votre constitution fera le tour
du monde: apologistes et dépositaires du code
de la nature, je puis vous dire, avec bien plus
de confiance que cet HOMME - DIEU, allez
éclairer les nations, allez, & annoncez-leur
ses saintes loix au nom de la philosophie, de

la raison et de l'humanité, et les nations vous entendront, et les nations vous seront soumises.

Braves Parisiens, qui avez immortalisé votre courage invincible et inaltérable pour la liberté; frères de tous les Départemens, qui venez vous confondre avec eux dans leurs saints embrassemens, que dis-je! dans leur gloire, dans leurs hautes deftinées; les mêmes lauriers, les mêmes palmes vous couvrent, l'ange républicain vous protège de son égide éternelle. Daignez agréer ce poëme, que je vous ai consacré, et qui ne m'a été dicté que par ses célestes inspirations. Ce ne sont pas des rois, des princes, des grands, les objets nés de la haîne des peuples libres, qui salissent les pages de mes chants héroïques; mais je célèbre la plus belle révolution qui se soit opérée sur le globe, la gloire et l'honneur de l'humanité perfectionnée. Mon extrême jeunesse peut me faire pardonner quelques écarts, quelques ombres, quelques défauts; mais si j'en crois la chaleur vivifiante que le règne de la liberté a allumé dans mes veines, si je juge combien elle a exalté mon imagination, combien elle a enflamé mon ame, je me sens digne de la hauteur de mon sujet. Le despotisme a pu faire naître une Henriade, la superstition une Jérusalem délivrée; mais la liberté seule a créé des Poésies celtiques et des Illiades.

LA FRANCE LIBRE,

POËME HÉROIQUE.

OH! quand viendra ce temps, où l'univers en paix,
Comme la France enfin, sera libre à jamais.
Cent rois, au nom du ciel, se partageaient la terre;
Le reste des humains naissait leur tributaire.
C'est ainsi qu'on voyait, dans nos tristes pays,
Sous le joug de nos rois, les peuples avilis.
A Rheims, de l'huile sainte arrosait-on leur tête,
Nos personnes, nos biens, devenaient leur conquête;
Tout leur était permis, et l'absolu pouvoir
Etait, dans tous les temps, leur règle et leur devoir.
Il n'est plus ce temps, où sous la verge sacrée,
Des feux de l'encensoir, la France dévorée,
Au crime toujours prête, esclave de ses rois,
Souillait sa dignité, méconnaissait ses droits.
Un sénat adoré, dans le siècle où nous sommes,
Joint à l'humanité les talens des grands hommes;
D'un peuple souverain il sert les intérêts;
Mais la seule vertu cimente ses décrets.
Ces hommes dont la paix, l'amour, la bienfaisance
Composaient le feu pur et la céleste essence,

A 4

Qui voyaient, sur leurs pas, tous les cœurs empressés;
Roberspierre et Marat, quels noms j'ai prononcés!
Ce n'est qu'avec des pleurs que l'on peut les redire,
A la prière, aux vœux de tout ce vaste empire,
Au cri du monde entier et de l'humanité,
Consacrant leurs travaux à l'immortalité,
Renversant de Capet la funeste existence,
En république enfin, ils ont changé la France;
Ils ont brisé ces nœuds du trône et des autels,
Sous lesquels ont gémi trop long-temps les mortels.
Citoyens généreux, non serviles esclaves,
Les français ont des loix et non pas des entraves.
Le devoir est borné, mais l'amour ne l'est pas;
Au pouvoir légitime il donne mille appas.
L'homme à l'homme est égal, sans tyran et sans maître,
Oui, mon pays est libre, il est digne de l'être;
Il a frappé de mort le dernier des Louis.
Les arts, enfans du ciel, du ciel présens chéris,
Répandent, parmi nous, leur clarté la plus pure,
Des esprits cultivés solide nourriture;
Ils nous ont amené, sur leurs pas bienfaisans,
La raison, fruit tardif de l'étude et des temps.
Cette douceur aimable, aux mœurs si nécessaire,
Par qui, même à l'Anglais, le Français savait plaire;
La tendre humanité, les vertus, les plaisirs,
Et tous ces goûts, enfans d'ingénieux loisirs.
Q France! ils t'ont appris à connaître une gloire
Au-dessus de l'éclat dont brille la victoire;

A combattre sans haine, vaincre sans orgueil,
A voir tes ennemis, tes enfans du même œil,
A dompter tes rivaux sans le secours des armes,
Par ton humanité, ta sagesse et tes charmes;
A chasser loin de toi ces préjugés honteux,
Ces mensonges grossiers, qui faisaient, à tes ayeux,
D'une illustre naissance un néant honorable,
Et du commerce utile un trafic méprisable.
Les arts, par leurs travaux, leurs préceptes flatteurs,
Par tes représentans, leurs écrits bienfaiteurs,
Dans l'amour des humains affermissant ton ame,
Des plus beaux sentimens ils y versaient la flâme;
Ils échauffaient sur-tout ton zèle et tes transports,
Pour que la Liberté couronnât tes efforts.
Ils te peignaient de Mars la demeure chérie;
La valeur, dans ton sein, y brillait ennoblie;
Par leurs fameux combats, leurs sublimes dessins,
Tes enfans courageux surpassaient les romains;
Ils te montraient le Louvre, utile à ma patrie,
Qui va reprendre enfin sa majesté flétrie;
Ton fier sénat, armant un peuple de vainqueurs,
Le belge succombant sous tes foudres vengeurs;
Tandis que tes vaisseaux, nés à sa voix féconde,
Allaient porter ta gloire au bout du nouveau monde;
Tandis qu'en écartant la guerre de tes bords,
Contre la perfidie il assurait tes ports;
Qu'il effaçait ta honte et ton ignominie,
Qu'il relevait ta gloire et ton puissant génie,

A 5

Tu recueillais le fruit de ces heureux bienfaits;
Les foudres d'Albion ne troublaient point ta paix.
   Le Dieu de l'univers, le maître des royaumes,
Qui voit, sous sa grandeur, (pareils à ces fantômes
Que les rayons du jour font disparaître et fuir,)
Les empires divers naître et s'évanouir,
En créant chaque état, et le couvrant de l'aîle
D'un ange tutélaire, à sa garde fidele,
Le soumit aux fureurs d'un démon malfaisant,
Qui souvent, plus que l'ange, est heureux et puissant.
Sur ses décrets profonds, que l'humaine faiblesse
Tremble d'interroger, l'éternelle sagesse :
DIEU VOULUT. A ce mot, Terre, prosternes-toi !
Baisse les yeux, adore et fléchis sous sa loi.
La France, son ouvrage, ainsi que chaque empire,
A son mauvais génie armé pour la détruire;
C'est ce démon jaloux, qui, domptant à la fois
Le cri de la nature et la force des loix,
D'un grand peuple outrageant le pouvoir légitime,
Lui veut donner un roi pour couronner le crime,
Attire vers nos bords les sanglans léopards,
Mille peuples trompés aux pieds de nos remparts:
C'est lui qui, répandant l'aveugle esprit de schisme,
Allume, en nos climats, le feu du fanatisme,
De notre propre sang nous fait verser des flots,
Au sein de la Vendée entr'ouve ses tombeaux.
Il venait de quitter les champs de l'Angleterre,
D'y soufler, contre nous, les horreurs de la guerre;

Il atteignait nos bords, en franchissant les mers :
Il apperçoit un roc, l'épouvante des airs ;
Sur sa cime s'élève un édifice immense,
Où paraît d'un Dieu même habiter la puissance ;
Ses murs d'acier poli, de lumière éclatants,
Renvoyaient, au soleil, mille traits plus brillants ;
Deux portes de cristal et d'argent rayonnantes,
Pareilles, en richesse, aux portes transparantes
Que les heures ouvraient devant le Dieu du jour,
Annonçaient aux regards ce merveilleux séjour.
Le génie étonné, qu'attire ce spectacle,
Y vole. Une statue est le premier miracle,
Qui, dans ces lieux, se montre à son œil curieux :
Un laurier couronnait son front victorieux ;
La douceur tempérait sa majesté suprême ;
La modeste vertu tenait son diadême :
A ses pieds rugissait le démon des combats ;
La sainte humanité la serrait dans ses bras,
Avec ces doux transports, prix de la bienfaisance,
Et semblait la montrer à la reconnaissance,
Qui lui baisait les mains et les baignait de pleurs ;
L'amour, pour son tribut, lui présentait des cœurs.
Monumens de vengeance et d'éternelles haines,
Esclaves frémissans sous le poids de vos chaines ;
Vous, Français, insultés par ce trophée honteux (1),
Peuples humiliés, illustres malheureux,

_____

(1) La place des Victoires.

A 6

Victimes de l'orgueil et d'un pouvoir trop vaste,
Vous n'environniez point cet image sans faste;
Des états rassurés et commis à sa foi,
Des frères, des heureux, égaux devant la loi;
La victoire modeste adoucie à sa vue:
Voilà quels monumens entouraient sa statue.
Au lieu de murs détruits et de brillans forfaits,
Sur le marbre sensible on lisait ses bienfaits.
La chaste vérité, que tout ornement blesse,
Au-dessous de l'image assise avec noblesse,
Offrait ces mots inscrits de ses sévères mains:
AUGUSTE LIBERTÉ, sois le Dieu des humains.
Quoi, c'est la Liberté, s'écrie, ivre de rage,
Le perfide génie? Oui, tu vois son image,
Dit une voix qui vient irriter la fureur
Du démon de la France ardent persécuteur;
C'est elle-même. Ici la vertu révérée,
A d'immortels honneurs est, par moi, consacrée;
Tandis que sur la terre, exposée à tes coups,
Elle éprouve souvent ton infernal courroux.
Ici la vérité sait lui rendre justice:
Vois notre liberté; qu'elle soit ton supplice;
Sur mes dons éternels tu n'as aucun pouvoir;
De ce spectacle heureux nourris ton désespoir.
Mais, c'est assez souffrir que ton œil la contemple:
Sors; l'immortalité te chasse de son temple.
Ah! français, c'en est trop, vos décrets, vos états,
Vos vertus, à mes yeux, de nouveaux attentats,

Vont disparaître tous sous ma propre vengeance.
Il dit, et, dans les cieux, le barbare s'élance;
D'une trace enflâmée il sillone les airs,
Se précipite et tombe au gouffre des enfers,
Et dans ses flancs, d'où sort une vapeur impure,
L'abîme l'engloutit avec un long murmure.

    Digne rival d'Homere (1), ô! toi dont les pinceaux
Nous tracent de l'enfer les brûlans soupiraux,
Dans ses champs désolés malgré nous nous entraînent,
Par un plaisir affreux toujours nous y ramènent;
Viens m'enseigner cet art qui maîtrise l'esprit,
Qui te faisant régner en tyran qu'on chérit,
Verse un jour séduisant sur tes clartés funèbres,
Et prête des attraits à l'horreur des ténèbres.

    Il est, près de ce lieu, du soleil abhorré,
Séjour de désespoir, aux tourmens consacré,
Une caverne obscure encore plus effroyable,
Plus lugubre, plus sombre et plus épouvantable;
Le démon qui creusa ce gouffre de terreur,
Recula consterné de crainte et de frayeur;
Les torches de la mort éclairaient cet abîme;
Le cachot de l'horreur et le berceau du crime.
Sur un tombeau plaintif, et qui lui sert d'autel,
L'esprit le plus farouche et le plus criminel,
Eternel inventeur de nouvelles souffrances,
A cet antre préside, y dicte ses vengeances;

---

(1) Milton.

Assise sur son front, avec tous ses serpens,
Sa rage en fait jaillir mille éclairs menaçans;
D'une main il agite un glaive parricide;
L'autre main s'applaudit d'une coupe homicide,
Ecumante de pleurs de sang et de poisons.
Au tour du tombeau vole un peuple de démons,
Tels que d'impurs oiseaux que les ombres font naître,
Ministres empressés d'obéir à leur maître;
A ses pieds sont rangés des poignards assasins,
Tous les traits dont la mort immole les humains.
C'est là que sont nourris ces crimes dont l'audace
Plus d'une fois du monde a pu changer la face;
L'ignorance, l'orgueil, l'ardente ambition,
Le plus cruel de tous, la superstition,
La tyrannie enfin. C'est de-là que s'envolent,
Sur ce globe tremblant que leurs fureurs désolent,
Ces esprits destructeurs qui soufflent le trépas,
La famine, la peste, et la soif des combats;
Qui n'étant appuyés que d'autels et de trônes,
De la terre allarmée ébranlent les colonnes,
Et de cet univers font un vaste tombeau:
La France brûle encore du feu de leur flambeau.
C'est là que sont forgés ces glaives de la guerre,
Ces chars ensanglantés qui ravagent la terre,
Tous ces sceptres d'airain, ces chaînes et ces fers,
Dont cent tyrans heureux accablent l'univers.
Là d'un limon impur détrempé dans vos flammes,
Démons vous paitrissez ces infernales ames,

Instrumens des forfaits et de la cruauté,
Fléaux de la nature et de l'humanité,
Par le vil intérêt aux attentats vendues,
De l'échafaud vengeur à vos cachots rendues.
Là, le dirai-je enfin, dans un obscur détour,
Sanctuaire abhorré de cet affreux séjour,
Prêtresse de l'erreur et de la barbarie,
Le bandeau sur les yeux, une sombre furie,
Aiguise des poignards au nom d'un Dieu de paix,
Pour égorger encore des millions de Français,
Et tenter de nous rendre à nos antiques chaînes,
Pour assouvir enfin les criminelles haines
De tous les Rois ligués contre la liberté,
Qui voudraient avilir toute l'humanité.
  Notre persécuteur vient d'abîme en abîme,
Rouler jusqu'en ces lieux la fureur qui l'anime;
D'une nouvelle horreur cet antre se remplit,
D'un long gémissement la voûte retentit,
Elle s'ouvre... Mon frère, entends ma voix plaintive,
C'est trop longtems laisser notre fureur oisive,
Ramasse tous tes traits, rallume ton courroux,
Que l'empire Français s'écroule sous nos coups.
Pour hâter sa ruine il nous faut de grands crimes,
Les meilleurs Citoyens, les plus chères victimes....
Je t'en ai dit assez, moi-même j'en frémis.
A ces mots les démons demeurent interdits,
Cent foudres à l'instant dans la caverne grondent,
Et par autant d'échos les enfers leurs répondent.

Ennemi de la France, ennemi des humains,
Repartit le tyran des sombres souterrains,
Je t'entends; (sur son sein tous les serpens se dressent,)
Sans doute à tes succès les enfers s'intéressent,
J'embrasse tes desseins, je ressens tes fureurs;
Ton ame toute entière a passé dans nos cœurs;
Mais, comment te servir? mes mains sont enchaînées;
Cet antre voit mourir mes vengeances bornées.
Ma fille, mon appui, l'ame de mes travaux,
La superstition languit dans ces cachots;
La France, république invincible, éclairée,
Voit, dans chaque soldat un héros, une armée,
Qui ne sent que l'honneur et n'aspire aujourd'hui
Qu'à venger son pays, ou qu'à mourir pour lui.
L'ame la plus grossière est de ce feu nourrie,
Et porte cet amour jusqu'à l'idolâtrie;
Les arts sur-tout, les arts mes mortels ennemis,
Dans ces hauts sentimens les ont plus affermis;
Ils ont ouvert ses yeux, ils ont changé son être,
Ma gloire est éclipsée et ne peut plus renaître;
A peine on se souvient de mes combats fameux.
Le dernier des français, citoyen orgueilleux,
S'arme de la raison, et n'écoute plus qu'elle.
Si, dans ce peuple immense, à mon culte infidèle,
Brûlant, pour son pays, d'un amour éprouvé,
Il en pouvait être un.... un seul..... Je l'ai trouvé,
S'écrie, avec transport, le barbare génie,
Au sein de la bassesse et de l'ignominie;

Nourri toute sa vie à la cour des tyrans,
Dans la souillure enfin des crimes les plus grands :
J'ai cherché, j'ai trouvé cette ame monstrueuse,
Assez dénaturée, assez audacieuse,
Qu'il faut pourtant encor de ta rage échauffer :
Appelle à ton secours tes démons, tout l'enfer ;
Tu le peux, tu le dois ; achève ton ouvrage.
Et le voici.... Soudain, à ses pieds, un nuage
S'entr'ouvre et laisse voir... l'enfer en a pâli ;
Le monstre ! un charme affreux le tenait assoupi.
On lisait, sur son front, un crime abominable ;
Tout décélait l'horreur de son ame exécrable :
Telle, sur ces amas de foudres souterrains,
Nouveaux enfers creusés des éternelles mains,
Des rochers entassés la masse menaçante
Exhale de sa cîme une vapeur brûlante :
Ainsi, le ciel, couvert d'une effroyable nuit,
Annonce le tonnerre et la mort qui le suit.
Du perfide aussi-tôt tous les démons s'emparent ;
Déjà les noirs poisons, les flammes se préparent ;
Sous leur magique effort son sang coule et tarit,
Dans ses veines déjà s'allume et s'épaissit
Le venin infernal, chargé de tous les crimes.
Ces coupables, l'effroi des funèbres abîmes,
Les ames des Cromwels et des Coriolans,
Avec des hurlemens retournent dans ses flancs ;
Son cœur est un foyer dévoré de leur flamme :
Tout l'enfer à la fois est entré dans son ame.

Le charme est accompli ; la nature en gémit ;
Il est armé du glaive ; il s'éveille, il frémit ;
Trois fois laissant tomber le fer liberticide,
Trois fois de ces démons la fureur homicide
Lui remet, dans les mains, le sacrilège acier :
Un cri de mort l'annonce à l'univers entier.
L'ennemi de la France, en rugissant l'embrasse,
Et de son souffle encor irritant son audace,
A travers les vapeurs du gouffre ténébreux,
Le remporte, avec lui, dans un nuage affreux.
La nuit et l'épouvante ont devancé leur route ;
Nouveau Catilina, plus perfide sans doute (1),
Appelant, près de lui, ses amis conjurés,
S'environnant encor de soldats égarés,
Outré de ses revers, jusques à la folie ;
Plein de l'affreux projet de livrer sa patrie,
Il se rend dans le camp de nos vils ennemis.
Ce mortel insolent, devenu bas, soumis,
Dans Clairfait, dans Cobourg va caresser un maître :
Les Français, à sa voix, devaient le reconnaître ;
Trop heureux de porter les fers de leurs tyrans,
De plier sous le joug des nobles et des grands.
Nos plus braves soldats, fiers soutiens de la France,
Honteux d'être trahis, se mettent en défense ;
A Valancienne, à Lille accourent éperdus,
Et, ranimant enfin leurs sublimes vertus,

_____

(1) Dumouriez.

Jurent la mort du traître, et les derniers supplices
Du dernier des tyrans et de tous leurs complices.

Oui, sainte LIBERTÉ, tu dois, de nos remparts,
Voir sur tout l'univers flotter tes étendarts ;
Tous les mortels, enfin, te rendre un même culte.
Honoré de tes pas, quel sol peut être inculte ?
Tandis que nos guerriers, calmes et réunis,
Ne pensaient qu'à venger l'honneur de leur pays.
Cette fille du temps, qui souvent le devance,
Qui, des cieux et des mers, franchit l'espace immense,
Dont l'aile s'affermit et s'accroît en volant,
Dont la voix forme un bruit toujours plus éclatant,
Imprimant, sur ses pas, la tristesse et la crainte,
Mêlant, à ses récits, l'ignorance ou la feinte ;
Faible organe du vrai, trompette de l'erreur,
Plus prompte à publier le cri de la douleur,
Qu'à porter l'espérance ou semer l'allégresse,
Dans l'ombre de la nuit, en s'écriant sans cesse,
Déjà la renommée a volé vers Paris ;
Cette ville, en voyant ses intérêts trahis,
Fut un moment au trouble, à la terreur livrée ;
A la voix du sénat aussi-tôt rassurée,
Commettant son salut, sa vengeance à sa foi,
Elle reste tranquille et repousse l'effroi :
Tel le dieu de la mer, la tête dans les nues,
Tranquille, entend le bruit de ses vagues émues.
Et voit les flots, les vents et la mort déchaînés,
A ses pieds entr'ouvrir les enfers étonnés :

Elle apprend ses revers dans un profond silence;
Lorsqu'à l'instant on voit, dans sa carrière immense,
Semant l'or et l'azur sur des traces de feu,
L'ange républicain, ministre heureux d'un dieu;
Les rubis du soleil ont couronné sa tête;
Sur les murs de Paris il descend, il s'arrête.
Oui, poursuit-il, Français, bientôt vos ennemis
Verront la Liberté fleurir en ces pays;
Sous les traits de Brutus, dans votre république,
Marat seul soutiendra la fortune publique;
Malgré la sombre envie et ses serpens affreux,
Qui réchauffe, à ses pieds, ses poisons dangereux,
Pour infecter le cours de la plus belle vie;
Il a, pour le venger, la voix de la patrie,
Qui compte, à chaque instant, ses immortels bienfaits,
Et qui lit ses vertus sur vos fronts satisfaits:
Il est l'ami du peuple, il est digne de l'être;
Dans chaque homme d'état il vous dénonce un traître;
Au peuple, aux factieux, il dit la vérité,
Et sait se faire aimer par sa sincérité.
En vain tous les tyrans, que la vérité blesse,
Ont mis le dernier comble à leur scélératesse;
Les peuples, fatigués de leur férocité,
Maudissent, en secret, leur sceptre ensanglanté,
Et la crainte, à travers leurs faisceaux et leurs armes,
Dans leurs palais d'airain a porté les allarmes;
Vous les verrez un jour, écrasés de leurs fers,
Par leur chûte effrayante affranchir l'univers;

Vous joindrez les lauriers à l'olive innocente,
Repoussant loin de vous la victoire sanglante ;
Et quittant, pour toujours, le glaive meurtrier,
Vous porterez la paix à l'univers entier,
Qui veillera sur lui des voûtes asurées.
Vos généreuses mains, aux bienfaits consacrées,
Qui, chez vos ennemis, dans les champs du trépas,
Ont répandu la vie et sauvé des ingrats,
Dédaignant une gloire, en ruines fécondes,
Rendront la liberté, le siècle d'or au monde.
Tel le Dieu des humains, qui se plaît en ses dons,
Chaque jour de la terre humecte les sillons ;
Y répand la rosée, et cette ame agissante,
Qui réchauffe et qui meut la matière impuissante.
Le laboureur, content de vivre sous ses loix,
A des chansons sans art mêle son nom cent fois ;
Ce nom, de ses travaux, abrège la carrière,
Rentré sous les roseaux de son humble chaumière,
Pour récréer ses sens, de fatigues émoussés,
Pour charmer ses enfans autour de lui pressés ;
Tandis qu'à l'écouter sa compagne attentive,
Suspendant son fuseau laisse sa main oisive,
Il ne leur dira plus : j'ai vu des rois la cour ;
Il dira simplement, plein de joie et d'amour :
Je suis libre à jamais. Pour l'enfant et son père,
Après DIEU, *Liberté* sera dans leur prière.
O sublimes Français ! ô peuple vraiment grand !
C'est à vous qu'appartient un dessein si brillant.

Il dit : d'un feu divin ses regards s'allumèrent,
Et les voûtes des cieux devant lui s'inclinèrent ;
Sur un nuage d'or il s'éclipse à leurs yeux,
Il foule aux pieds l'Olimpe, il est au rang des dieux.

AUX MÂNES

DE L'AMI DU PEUPLE.

MARAT n'est plus ! La Mort, jalouse de sa gloire,
La Mort vient l'attaquer au temple de mémoire ;
Nos jours, d'un nouveau deuil deviennent plus
    couverts.
On n'entend qu'un seul cri s'élancer dans les airs :
Tout se tait ; l'intérêt, l'amour et la nature :
On ne voit que Marat..... Sa funeste aventure.....
Amis, concitoyens, dressons-lui des autels ;
Portons-lui notre encens, nos regrets solemnels ;
Ses vertus, son génie ont soutenu la France ;
Eternisons, pour lui, notre reconnaissance.
Un voile de douleur couvre Paris entier ;
La pâleur sur le front, guidé par le danger,
On se demande ; eh bien, Marat perd donc la vie !
Ses jours sont en péril ; l'espérance est bannie.
Un monstre... un glaive.... Arrête. Ah ! nous sommes
    perdus ;
Il est prêt d'expirer ; il expire ! il n'est plus !.....

Il n'est plus !.... Ce cri meurt dans un vaste silence.
Ah! pour vous, quelle perte ! ô république ! ô France !
Comment la réparer ? David , saisis les traits
De ce nouveau Caton, l'ornement des Français.....
Il n'est déjà plus temps ; elle vole , s'écrie ;
Elle tombe à ses pieds ; dieux ! de quel sang rougie !
Sous la tristesse enfin, sans cesse succombant ,
Elle tend une main à son père expirant.
Quand la terreur accourt sur sa trace sanglante,
Quand tout ce qui l'entoure est saisi d'épouvante,
Marat seul est tranquille , écarte la frayeur : -
La Mort, en lui, contemple un grand législateur.
A travers les sanglots, nature ! quelle image !
L'amour du peuple enfin, s'ouvre un libre passage.
« Un monstre, ô notre ami, vous a percé de coups ;
» Par vous seul nous vivons, et vous mourez pour nous.
« — Vivez, répondit-il, pour vous tous j'ai pu craindre.
» Vivez libre , il suffit, je ne suis point à plaindre ;
» Je suis heureux, Français, en ce moment dernier ».
C'est ainsi que Marat se montrait tout entier.
Il ne peut achever ; sa maison en allarmes,
La patrie à ses pieds qu'elle inonde de larmes,
Le Français égaré , gémissant, hors de lui,
Et ne pouvant que dire : ô père ! ô tendre ami !
Ah ! barbare, une ville éperdue, éplorée,
A la douleur, au trouble, à la terreur livrée,
Des sanglots étouffés , de longs gémissemens,
Des cris, le désespoir qui croît à tous momens,

Les remords déchirans, l'apareil des supplices,
Suspendus sur ta tête et sur tous tes complices,
N'étonnent point tes sens dans le crime affermis.
Enfer! là, tu vois l'homme, et tu t'en applaudis.

O, MARAT, mon ami, dont j'adore la cendre,
Des coups d'un assassin, tu n'as pu te défendre!
Tu me vois, à tes pieds, pénétré de douleurs.
Permets-moi d'arroser tes mânes de mes pleurs.
Tes vertus, tes talens, gravés dans ma mémoire,
M'ont fait jadis mêler des lauriers à ta gloire;
Si les fleurs, dont je veux accabler ton tombeau,
Peuvent charmer ton ombre, ô bienfaiteur nouveau!
Mon maître! mon ami! sans regretter la vie,
Oui, je puis, comme toi, mourir pour ma patrie.

F I N.

www.ingramcontent.com/pod-product-compliance
Lightning Source LLC
Chambersburg PA
CBHW061738180626
46818CB00006B/2676